KB089672

귀띔

황금알 시인선 115

귀띔

초판발행일 | 2015년 9월 30일

지은이 | 김은숙
펴낸곳 | 도서출판 황금알
펴낸이 | 金永馥
선정위원 | 김영승 · 마종기 · 유안진 · 이수익
주 간 | 김영탁
편집실장 | 조경숙
표지디자인 | 칼라박스
주소 | 03088 서울시 종로구 이화장2길 29-3, 104호(동숭동, 청기와빌라2차)
물류센타(직송 · 반품) | 100-272 서울시 중구 필동2가 124-6 1F
전 화 | 02)2275-9171
팩 스 | 02)2275-9172
이메일 | tibet21@hanmail.net
홈페이지 | http://goldegg21.com
출판등록 | 2003년 03월 26일(제300-2003-230호)

값은 뒤표지에 있습니다.

ISBN 979-11-86547-10-6-03810

귀띔

김은숙 시집

황금알

아주 은밀한 기쁨

산길을 가다가 맑은 물 퐁퐁 솟는 옹달샘을 만납니다. 나는 하루만이라도 아무도 모르기를 바라며 풀로 덮어두고 내려옵니다.

아주 은밀한 기쁨입니다.

내게 시를 쓸 여력이 있다면 그것은 그 기쁨 덕일 것입니다.

이 바람 부는 세상에 나의 초라한 자화상을 펼칩니다. 좋은 옷을 입혀주지도 못했던 나의 시를 떨리는 손으로 문밖으로 내보냅니다. 샘물이 너의 허물을 씻어주고 외롭지 않게 할 거라며 손을 흔들어 줍니다.

저의 청을 마다치 않고 정감 있는 시평을 흔쾌히 써주신 정양 교수님께 머리 숙여 감사드립니다. 시집을 발간해 주신 황금알 출판사 김영탁 선생님에게도 감사를 드립니다.

2015년 9월
김은숙

차 례

1부 달 속에 들다

2부 그 섬

3부 귀띔

4부 저물녘

1부

달 속에 들다

저어새

강가에서 물결을 읽습니다

목을 세우고
오랜 구름의 기별을 기다립니다

부리를 저어
물속에 얼어붙은
상처를 건져 올리고

햇볕 모여앉은 돌팍에
살폿이 엎습니다

달 속에 들다

내 오랜 꿈길의
간이역에 내렸습니다

외딴 갯마을
날은 저물고
추억의 나무가
적막의 불을 지피고 있었습니다

해의 거죽 같은 밀밭이
달 속에 누워 있네요
컴컴하게 웅크린 숲이
밀밭을 치켜 올리고
별들은 새의 눈망울로 반짝거립니다

달은 오늘 밤
몸 안에 밀밭을 들여놓고
해 무늬로 반짝이는
노오란 몸피를
조금씩 아주 조금씩 불리려나 봅니다

밀밭에서
청호반새의 노래가 들립니다

나뭇잎 저울

나무들이 초록 잎으로
구름의 무게를 달고 있다

바람이 이런저런 향기를 날릴 때

빗방울이 손가락을 펴거나 주먹을 쥘 때

햇빛의 옷자락이 가지런하거나 구겨질 때

낮달의 눈꺼풀이 졸리거나 번쩍일 때마다

눈금이 달라지는 나뭇잎 저울

한옥마을의 저녁 풍경

별들 발자국 찍힌
골목길 환하리
한낮의 소란 썰물처럼 밀려가고
세월의 돌담길에
어둠이 깃들면
적막의 뒤란이 빗장을 풀고
아주 오랜 달빛이 우릴 반기리

한오백년 머리 맞댄
기와지붕들은
오늘도 변함없이
제 몫의 밤하늘을 떠받치고
풍경소리가 담을 넘어
물결무늬로 그윽하리

저 의연함에 기대어 옛사람들
자식을 줄줄이 낳아 기르고
노인은 푸른 꿈을 하얗게 접었으리

아득히 파닥이는 소리

새들 날아간다

하늘 물결이 일렁인다

저 날개가 뿌린 노래가루가
흐르고 흘러 시냇물 되는 게다

냇물이 돌돌 거리는 소리는
자갈들이 새의 노래 속으로 스며들기 때문

새들 노래 속으로 자갈 돌 구르는 것은
반지르르한 바람의 손을 잡으려는 일

바람의 손을 잡고 하늘 구만리

별이 있던 자리마다 파닥이는 소리가
저 강가에 한 줄기 길이 되었다

구름

구름이 한사코

새떼를 지운다

내 젊은 날

명상의 새도

저 구름이 삼켰다

새벽시장 1

추운 사람들이 추운 것들과
어울리러 새벽을 딛고 간다
동지섣달 차가운 밤은 아직
칠흑처럼 적막하다
남루한 보따리 길가에 부리고
깡통 난로에 장작불 지펴지면
보따리에 끄리고 산 가난이
옹기종기 모여 가슴으로 녹고
이제 곧 밀져도 좋다는
흥정이 시작된다

새벽 시장 2

아직은 남은 젊음이
등짐 견딜 만하다고
버텨서 밥 굶지 않겠다고
사람들 일자리를 기다린다
가족들을 위한 단비 같은 일자리
어깨 위에 얹힌 삶이 살짝 가볍다

한 자리에 섞일 슬픔도
함께 읊을 노래도 없이
살아가는 일의
곡절이 저마다 다른
무게가 새까만 사람들 모여
새벽 꽃같이 피어날
환한 생애를 기웃거린다

새벽시장 3

불빛 창백한 편의점 안에서
뉘 집 아들이 밖을 내다봅니다
새벽이 어디쯤 오고 있는지
밤새워 바코드를 들여다보며
물건값 계산에 바쁘지만
이 학생의 장래 꿈은
외국어에 능통한 외교관이랍니다

고향 집에선 엄마가
밤길을 나섭니다
시린 발 동여매고
새벽시장으로 갑니다
끊임없이 중얼거리며
밤의 얼룩을 딛고 갑니다
　−잘 먹고 잘 자야 키가 큰다는디
　　내 새끼는 객지에서 잠도 못 자고−

새벽시장 4

새벽을 팝니다
새벽시장으로 오세요
깊고 푸른 연못이
밤을 거두어들이는
다섯 시부터 여섯 시 사이
꿈의 한복판에서 눈을 뜨는 시간

비가 오거나 바람 불거나
햇빛 쏟아지면 이 새벽 또한
흔적도 없이 사라지겠지만
따로 기록해 둘만한 시련을 잊기엔
새벽이라는 말보다
더 좋은 게 없답니다

맞서 싸워야 할 적이
마음속 어둠이라면
새벽을 사세요
싱싱한 어물전의 말간 비린내와
푸릇푸릇한 겨울초가 동날 때쯤

새벽을 한 아름 싸들고 돌아가세요
먼바다 집어등의 불빛 사이로
어둠이 차츰 희미해질 거예요

아중역

아중역에 들어섰습니다
지난날 이곳에 잠시
청춘을 세워두고
징검돌같이 밟고 지나가야 할
역 이름을 세어보는 동안
온 세상의 바람을 안은 목쉰 기차가
쇠바퀴를 굴리며 들어왔습니다

이젠 기다려도 기차는 서지 않아
대합실엔 열차 시간표를 확인하던 사람도
난로 곁에서 불을 쬐던 할머니도
모두 떠나고 더는 떠날 사람도
돌아올 사람도 없습니다

세상은 갈라졌다 다시 만나는 일로
환해지기도 한다지만
봄 강물처럼 싱싱한 안부들이 오가고
낡고 편한 시간이 정겹게 머물던
간이역의 문은 영영 닫혔습니다

덜컹거리며 기차가 지나간 후
꽃잎 날리던 봄날이
비 오면 빗속에서 새가 빛나던
유리창 밖 철길이
가야 할 길을 잃어버렸습니다

허수아비의 노래

나 이제 계절의 후렴처럼
이 들판에 남겨져
마지막 들불이
사위어 가는 것을 보네
소문같이 웅성거리며 눈이 내리고
눈발 너머로 희미한 먼 마을 불빛들
내 청춘이 저처럼 아득하리니

혼신을 다해 흔들던 춤의 생애였네
하늘 한 귀퉁이에
그리움으로 못질한 두 팔 벌리고
바람에 취해 비칠비칠 춤출 때마다
퍼덕이며 쫓기며 새들 자지러지고
저무는 들녘이 목을 놓아 울었네

오늘 밤 사람의 마을에선 추운 집들이
옹기종기 서로 어깨를 맞대고
어린 자식 등 토닥이던 고단한 어머니는
아기보다 먼저 잠이 들것이고

아침이면 차가운 저 눈밭에
남루한 어릿광대의 몸짓만 남겠네

춤

바람의 길목이다

코스모스 가냘픈 몸짓이
강물을 흔든다

갈바람 속 일렁임으로
물고기가 리듬을 탄다

퍼덕이며 번쩍이며
수면 위로 튀어 오르는 음률

햇빛 환하게 끌어안은 세상이
물너울에 잠긴다

낚싯대를 드리우다

물길이 출렁인다
물고기들 햇살을 털고
푸른 시간이 아득한 곳에서
달려 나온다
그물 사이로 새어버린 나의 하루가
물비늘 위에서 반짝인다

시든 물풀 누더기를 걸치고
먼지도 거품도 다 끌어안으며
아등바등 달려온 여인들
이제는 말갛게 얼굴 씻고
웅성거리는 소문에 귀를 세운다
묵직하게 찌가 움직인다

어머니의 부엌

초승달 부뚜막에 들여놓고
등 굽은 어머니 어디 가셨나
망초 홀씨처럼 외롭던 어머니

고운 시절 녹슬지 않게
무쇠솥 닦고 또 닦던

물 때 낀 나날
비어서 새삼 가득한 어둠
두멍 물 길어다 채우던
물 항아리엔
젖은 꿈 자국만 남아
어머니 자리가 희미하다

2부

그 섬

세방 낙조*

우리 이별이 목전에 있다
수평선을 건너온 새벽이
섬 꼭대기에 걸린다
돌아서는 그를 향해
바다가 잠망경을 높이
치켜 올린다

어느 깊은 골 웅덩이에서
올챙이와 헤살 거리다가
박달재 칡넝쿨을
쓰다듬기도 하고
거친 바다를 넘나들며
물고기를 키우다가도
가야 할 때를 잊지 않고
더 어두운 곳을 향하는 그

그러나 밀 이삭을 익히던
낯빛으로 그는
내일도 우리에게 올 것이다

축제 같은 이별 뒤에
바다는 노을 속으로 깊이 잠긴다
하루하루가 가고 오는 일
경건하다

* 세방리: 전남 진도에 있는 낙조가 가장 아름다운 갯마을

큰 엉*

몇 만 년 몇 억 년
땅속에서 부글거리다
소멸도 빛나던 뜨거운 생애
소금 젖은 바람 들어
구멍 숭숭 박힌 채
조용한 틈새 닫고
새까맣게 굳은 몸
제주 남단 해안가에
소금 기둥 되었구나

낭떠러지 아래 달라붙은
검은 갯바위들이
데굴데굴 구르는 어린 자갈들이
파도가 철썩 때리고 갈 때마다
언덕에 오르겠다고 울부짖는 소리
혀-어-어-엉 혀-어-어-엉
눈멀고 귀먹은 종갓집 큰 형님
먼 활화산 꿈꾸며
아무 대답 없으시다

* 큰 바위를 이르는 제주도 방언

34

포구

거친 바다도 한없이
포근할 때가 있다

닻을 내린 빈 배를
밤새워 돌보는

호젓한 포구의 해조음 소리

해일 1

벽파진* 해안가
밀밭에 드네
임진왜란 전투 소리
까마득히 멀고
고양이 깃털 같은
밀 이삭 일렁이면
갯바위 뒤에 포복하던 바람
바다를 거느리고
방파제를 넘어서
단숨에 건너오네
바람은 어느새
들판에 가득하고
산 중턱까지 차오른 바다에서
새들이 포롱포롱 헤엄을 치네

* 벽파진: 진도에 있는 포구. 임진왜란 때 해전이 치열했던 곳

해일 2

삼별초 옛 싸움터에
큰 폭풍 인다
흐린 파도 자락
끌어다 덮은 섬이
잿빛 안갯속으로 희미하다
너울이 마구 풀려
개펄을 휘젓고
재갈매기떼 육지를 향해
자갈돌처럼 구른다
태곳적 앞산에서
북소리 울리고
헤어진 옷을 입은
먼 북방의 전사들
칼과 창을 휘두르며
뭍으로 내 닫는다
검은 이를 드러내며
방파제를 넘어온다
토성이 물속으로 무너져 내린다

고동

고동이 기어 다니는 꿈을 꾸었네 목이 갈한 고동은 봉지에서 기어 나와 여기저기 바닷물을 찾아 헤매고 있었네 잠에서 깬 나는 갈증이 나 물 한 사발을 들이마시네 갯바위 산책길에 주워담아 숙소 주방에 두고 온 고동, 봉지째 잊혀진 한 주먹 어린 갯것들, 감상에 젖은 일행을 부추겨 기어 다니는 모든 것을 보이는 대로 주워담았던 일 먹을 만한 것들은 이미 썰물이 거두어 가서 바닷물 속에 깊이 감춰버렸다고 여기 보이는 것들은 먹을 수 있는 고동이 아니라고 우리의 작업을 만류하던 토박이 한 시인의 말을 들을 걸 그랬네 살아서는 바다로 돌아갈 수 없는 목이 말라 죽어 갈 그것들이 나에게 보내는 고동 소리, 구조를 애원하는 신호음 소리가 내 귓가를 밤새 울리네.

사진 속에 눈물 남기고
— 세월호 희생자를 애도함

길이 출렁인다
세월이 헐어놓은 꿈이
물속으로 잠긴다
사진 속의 미소는 더욱 환하고
슬픔에 절인 희망이 애절하다

내일이 올 거라고
선내 방송이 시키는 대로
그 자리에 가만히 있으면
숨통이 트일 그 날이 올 거라고 믿으며
머리 위로 물이 차오를 때까지
체온의 날개만 비비고 또 비볐구나

가만히 있지 말라고
어른들만 믿어선 안 된다고
사진 속에 환한 눈물 남기고
한 척의 배로 먼 길 떠나는구나

그 섬

그곳에 열린 귀가 있다는 소문 있었다

그래선지 언제부턴가 사람들이 새떼처럼 그곳 선착장
에 내려서곤 했다

지나던 바람이 뱃머리 사람들을 보고 의미 있는 웃음
을 지으며 등대 위에 매달린 깃발을 흔들곤 했다

그때부터 그곳에는 잃어버린 것들이 하나둘 생겨났던
것이다

조붓한 십 리 길이 섬을 에돌아 나오고

조개껍질만큼 조그마한 교회당에서 서너 명의 신도가
찬송을 부르고

쪽빛 바다가 바라다보이는 암자에선 독경 소리도 들려
왔다

짜장면 집에서 자장 볶는 냄새가 손님을 부르고 전교
생이 세 명뿐인 학교가 문을 열었다

그러나 바람으로 이루어진 이 작은 왕국은 한낱 환상
이었을지도 모른다

마지막 배를 타고 사람들이 떠난 후 섬 어딘가에 커다
란 주인집 창고 있어 장난감 집들을 둘러싼 풀꽃과 나무
와 새 소리와 깃발들과 사람들 목소리도 차곡차곡 거둬

들여 문 닫아걸면 태곳적 어둠의 장막을 뚫는 해조음 소
리만 밤 내 등대를 맴돈다는 거다

　낮에만 열리는 나그네들의 섬 마라도에서 개구리는 한
번도 울지 않았다

　* 마라도에는 개구리가 살지 않는다고 함

호미곶

동해바다 호미곶은
개펄의 경험이 없다
그래서 더욱 푸르고 푸르다
수평선이 저리 단호할 줄이야
해일이 일어나도
지워지지 않을 경계

상생의 손이 바다에서 달려 나와
나그네의 손을 덥석 잡는다
단호하던 바다가 보낸 물빛 안부
그 손 있으면 수평선도 잠시
팽팽한 줄을 놓겠다
발아래 수백 수천의
두루마리를 풀어놓고
저만치 달아나는 바다

영일만에서

영일만 지민이네 집에는 바다로 향하는 문이 있다 문을 열면 저만큼에서 뒤척이던 동해바다가 왈칵 마당으로 올라섰다 퍼덕이는 오징어 떼며 태양도 따라와 뜰에 잠기고 건너편 숲에서 솔바람이 가만가만 마실 나왔다 나는 서둘러 그들의 이웃이 되고 가슴 가득 소금기 머금어 한 마리 어족이 되었다 동해바다를 끝없이 유영하며 곰곰이 젖었던 한 생애의 설렘, 은갈치 떼의 기별도 눈앞엔 듯 가까웠다

배 한 척

천 년 전에도 저렇게 살아 있었다
출렁이는 몸통으로 해를 띄우던
멀고 깊어서 보이지 않던 바다가
구름길 굽이굽이
배 한 척 몰고 온다
바다가 부리고 가는 것은
뼈만 남은 우리들의 약속
온종일 쏴아쏴아 풀어져
곡소리로 아찔하게 흔들리고
물고기가 그리운 갈매기들은
항구로 돌아오는 고깃배의 깃발에
주렁주렁 열린다

순천만의 봄

저 물길 닫혀도 좋겠습니다
햇빛 번지는 오솔길 열리고
어린 갈대 끼리끼리 푸릅니다
거룻배가 한 백 년
개펄에 누워 잠들고
짱뚱어는 뻘배를 밀고
꼬막 캐러 나갑니다

노랑부리저어새와 긴 다리 백로가
낮은 비행을 합니다
비단 짱뚱어가 찰나를 내닫습니다
작은 게들이 뻘 속으로 재빨리
눈 감추고 사라집니다
분주하던 개펄이 잠시 고요합니다

저 푸른 갈대 언제 철들어
품이 깊은 울타리 될까요
갈대숲에서 바람소리만 굵어집니다

새만금

엄마와 바다는
죽을 리가 없다

그 어떤 죽음의 신이 엄마를 덮고
그 어떤 어둠이 바다를 멈추게 하랴

그러나 엄마도 바다도 죽었다

엄마의 터전이던 새만금에는
숨을 쉬지 못한 물고기가
화석이 되어간다

외도*의 꿈
— 설립자 묘지를 돌아 나오며

외도의 스피커가 되고 싶네
바람 불고 눈 내리는 하늘 밑
이제는 전설로 누운 그대
때론 은빛으로 빛나는 바다를
두루마리 굴리며 달려오는 그대

푸른 나뭇잎들 토닥토닥 다독여
서로의 빗물 털어내던
파초잎 같은 그런 사랑
나 문득 이 섬의 스피커가 되어
남국의 햇살처럼 웃는
낯선 그대들에게 온종일
사랑의 꿈*을 들려주고 싶네

* 외도: 경상남도 거제에 있는 작은 섬
* 사랑의 꿈: 리스트 작곡의 피아노 협주곡

비탈길 오르면 옹달샘 있네

장수읍 수분령에 뜸봉샘* 하나 있어
물안개 거느리고 샘물 퐁퐁 솟아올라
금강과 섬진강의 발원지가 되었네

길은 가파르고 멀기도 하여
가도 가도 비탈 길 우리 삶과 같은 길
한 오백년 칡넝쿨처럼 오르라 하네

다래 넝쿨 으름나무 물오른 층층나무
가지가지 꽃들이 끼리끼리 피어서
올라가라 올라가라 등을 떠밀고

푸른 계단 밟고 오르고 올라보니
봉홧불 연기는 앞산에서 뜸을뜨고
옹달샘엔 물의 심지가 깊기도 하네

* 뜸봉샘: 섬진강과 금강의 발원이 되는 샘

3 부

귀띔

휘파람소리

어둠 속에 빛나던
그 저녁의 창문
빛은 유리창 틈새를 비집고 나와
집안 사정을 조심히 알리고
별 가득한 풍경보다
더 반짝이는 사랑이
그림자를 살짝 내밀곤 했다
가슴 두근거리는 귓가에
몸속에서 둥둥 떠다니던
휘파람소리가 들려오고
나는 온몸에 휘파람을 두른 채
그 창가에 오래 서 있곤 했다

인사동에서

풍물패는 끝내 오지 않았다
사람들은 고개를 기웃거리며
무언가를 찾느라 두리번거렸다

샛골목을 몇 번이나 굽이쳐 돌다가
처음 길과 다시 만나고
검버섯 핀 세월의 무늬를
덕지덕지 어깨에 걸친 가게들이며
은은한 지등 곁으로 오래된 벽화들이
봄날을 등에 업고 내 곁을 지나갔다

까치 한 마리가
고운 비단 한 자락 입에 물고
쌈지길* 옛 동네를 날아다녔다

* 쌈지길: 계단이 없이 옥상으로 오르는 인사동의 상가 길

귀띔

첫눈 한 두 깃
바람결에 묻어온
늦가을을 간신히 버티더라도
홀로 강천산엔 가지 말게

풀어헤친 은발의 억새 틈으로
나뭇잎에 숨어서 익던
붉은 감의 사랑이
액자 속의 오래된 시처럼
아직도 거기 남아
그리움의 매질로 날이 서곤 하네

햇빛이 웃던 자리에
촘촘한 엽록의 물길을 건넌 나뭇잎들
시간의 어귀마다 고운 빛 물이 든 채
이제는 눈비에 더 깊이 젖는 시간이네

노오란 은행잎 모두 떨어져 버린
팔달로 텅 빈 거리에

함께 흩어지더라도
무너질 각오 없이는 행여
늦가을 강천산엔 가지 말게나

그 얼굴을 만지다

귤을 만진다
땀구멍같이 촘촘히 박힌
비장한 입들

굳게 다문, 혹은
남국의 태양을 가득 머금고
아무 짓도 하지 않을 것 같이
그 입매 얌전한

그러나 샛노란 얼굴을 비틀면
수많은 입으로 물총을 쏘아댄다
어떤 적개심도 대신하지 못할
향기로운 항변이다

못

불이 낳은 여인이다
무지개로 온몸을 가리고
시간 속을 걸어 나온
서늘한 풀잎이다

오래전에 떨어져 죽은
어느 별 하나가
지구의 검은 살점에 박혀
침묵이었을 때, 그리하여
세상이 온통 흑암이었을 때부터
땅은 끊어지지 않을
생명의 고리 꿈꾸었으니

용광로 푸른 연못에
별빛 끌어 모으고
오랜 세월 비와 바람으로
담금질하여 마침내
어머니
내게 보내시다

흔들리는 것들은

달빛이 나무 그림자를 흔든다
옛집의 그림자도 흔들린다
여린 달빛에 흔들리다가
아침이 흠칫 이슬을 털 때쯤
세월의 어느 가장자리
조용한 풍경이 되리라

바람에 허리 접히던
등 굽은 아버지
흔들리다가 흔들리는
시간 밖으로 떠나시고
컴컴하게 웅크린 숲
빈집에 적막 깃들어
휘파람 소리만 하릴없이
헐은 지붕을 흔든다
비어서 어둠만 가득 찰 때도
흔들리는 것들은 모두 뿌리가 깊다

기다림

호숫가에서 기다리리
물살에 닳은 조약돌처럼
쪽물 빛으로 앉아
저 혼자 비어 있는
낡은 목선의 흔들림과
구름의 방랑을
하릴없이 응시하리

남루한 이야기
등꽃 그늘에 걸어 두고
두근거리며 노래가 되는
심장 소리를 들으리
물에 잠긴 옛 그림자 흔들며
네 자리를 밝게 비우리

푸른 갈대

자는 듯 숨죽이기
목소리 낮춰 속삭이기
흔들려도 편 가르지 않기
그렇게 푸른 초원으로 어우러지기

먼 정원 시들어가고
산국화 나부끼면
서걱이는 갈대숲에
휘몰아 가는 바람 소리 가득하고
푸르던 기억도 까마득히
쉴 곳 없으리니

마치 푸르게 살다 죽을 것처럼
이 봄을 푸르고
푸르게만 흔들려라

그 산골에 가면

화전 일구던
옛 동네 있으리
돌담을 끼고 돌면
구절초 피고 지고
먼바다로
나들이 갔던 바람
솔숲으로 돌아와
밀물소리도 자주 들려오리

나 거기 없어도
어둠 속에서 은밀히
산 목련 하얗게 웃으리
나뭇잎 풀 더미 속에서
벌레들은 바삐 계절을 가꾸고
부엉이 우는 밤도
거기 머물러 웅숭깊으리

일몰

세 떼가 노을 속에

끝이라고 썼다

산의 이마가

곧 어두워졌다

꿈틀거리다

봄길로
꿈틀거리며 오는 것이
무엇인지 나는 안다

갈맷빛 햇잎이
원추리 싹이
칡넝쿨 여린 손이
얼었던 계곡물이

조릿대밭 눕히는
바람의 장단에
꿈틀거리며
가녀린 새 잎을
햇살에 얹는다

연꽃

연꽃은 뿌리 속에
허공을 가둔다지

우리도 마음속에
허공을 두면

저처럼 은은한
꽃의 집 지어질까

거미줄

꽃살 무늬 창문에
잠자리 한 마리 걸렸다

파닥이는 유리 빛 날개로
이슬방울 털다가 그만
빛과 그늘로 줄줄이 엮은
한나절을 얼룩으로 남기고
촘촘한 그물망에
꼼짝없이 갇혔다

물방울 눈 거미가
시치미를 떼며
접혔다 펴지곤 하는
하늘 그물 탓이라며
허공의 문 너머로
슬며시 얼굴을 돌린다

말

봄 들녘 젖은 풀잎 같은
싱싱한 안부 오고 갈 수 없을까
사심 없는 치하의 말도

하루하루 휘몰아쳐 간
말의 알갱이들이
온 밤을 술렁이고
거친 말 무례한 말
거만한 말의 덫에 걸려
신음하는 뜬 눈의 밤

번드레한 말에게
마음의 거처를
두지 말 걸 그랬다
가는 말과 오는 말이
연줄처럼 꼬여
먼 데서 아주 가까운 데서
바람에 너덜거리고 있다

마지막 열차

막차가 떠난다
남루한 어미가
살갑게 품어주지 못한
피붙이를 향해 손 흔들고
형형색색의 전등불 사이로
도시의 즈문 밤 꿈이
멀어져 간다

미루나무 위에
야윈 저녁달이 걸려
뜬 구름 같은 전설을 빚고 있을 때
가물거리는 잠 속에서 까마득히
새벽 닭 울음소리를 들으러
썰물 같은 사람들 지금
떠나고 있다

4 부

저물녘

서울 시청역에서

사람들의 욕망은 차디찬
그물망 속에 갇힌 채
묵묵히 긴 터널을 지나고
열차가 들어 올 때마다
어둠은 잠시 벽 속으로 숨는다

햇빛 가득 머금은
빌딩의 뿌리
머리 위로 스멀스멀
뻗어 내리고
강물 소리도 모두
덜커덩덜커덩 쇳소리에
뭉개지고 있는 것이었다

저물녘

내일 다시 길을 내지요
이젠 태양이 흘러간 길도
보이지 않고
변두리에 달 떠오르네요
저기 먼 벌판을 지나
낯선 슬픔 기웃거리던
나그네가 돌아와요 이제 곧
교회의 종탑마저 어둠에 잠기면
사람들 눈망울에 잠긴 기억들이
모두 하늘로 올라 별이 되고
여행자들 꿈에 기대어 밤 기차가
은하수의 젖은 풍경소리 들을 무렵
새벽은 물소리처럼 깨어나겠지요

외앗날*의 가뭄

그 섬이 변했다
지독한 가뭄이 물길을 열어
구박 끝에 시치미 떼고
집 나온 아이처럼
붕어섬이 엉뚱하게 육지로 올랐다

강물에 산 그림자 어리어
물고기들이 눈빛 여울을 유영하던 때도
섬이 아닌 날을 꿈꾸었나 보다
놋날 같은 햇살 아래
강은 갈비뼈가 드러나고
떠돌던 빈 배는 그물에 걸려
가슴을 뭍에 얹고 움직일 줄 모른다
비에 젖어야만 사는 저들이
흙먼지의 나날을 어떻게 견디느냐며
숲 속으로 굽은 길이 실눈을 뜬다

* 외앗날: 전북 임실에 있는 붕어 모양의 섬이 있는 호수

그녀의 풀섬*
— 배우 최진실을 생각함

그녀는 풀섬에 살다가
스스로 풀섬이 되었다
혼신을 다해 떠돌던
외로운 생애였다

날 선 소문이 웅성거리며
하루하루가 흐르고
꽃샘바람 끈질기게 불어
꽃망울 흔들리는 생애를
마구 버리는 동안
그녀의 허공은 날마다 깊어져

벌판 끝에 먼 물새 소리
가물가물 띄워놓고
노래로 엮은 어여쁜
풀섬 사라져 갔다

* 풀섬: 큰 호수에 떠도는 풀로 뭉쳐진 섬

겨울나무

산촌에 눈이 내린다
푸른 외투 벗어 던진
벌거숭이 나무들이
눈보라 속으로
비장하게 자맥질한다
맥박이 굵어진다

옹이가 되다

바위에 귀를 모으고
산 이야기 들으려다
어지럽게 새겨진 낙서를 본다

남겨야 할 말이 그리도 많아
한사코 기억의 통로에
새겨 둔 이름
어쩌다 바위 한 복판의
옹이가 되었을까

무관심한 사람들의 눈길에
무참히 짓밟히는
메마른 흙 먼지 속의
귀하고도 아픈 이름

쟈베르*

꿈속에서 그를 만난다
혼곤한 잠 속에 가위눌린 새벽
거미줄 털고
한 사내 일어선다
눈에 칼날이 빛난다
사냥감을 응시하는 표범
그의 허리가 날렵하다

사람들 선행의 본질은
위선이라고 믿는
본분에만 충실한 뱀눈의 사내
영웅이 되어가는
장발장의 뒷덜미로
싸늘한 조소를 날린다

나는 그를 감시한다
어둠에 빚진 등 굽은 사내 하나
못이 숭숭 박힌 형벌을
스스로 지고 간다

* 쟈베르: 빅토르 위고의 소설 『레 미제라블』에 나오는 형사 이름

74

시월의 연지

노인들 옹기종기 모여
해바라기를 한다
굽은 허리 깡마른 얼굴
꺾어진 관절이 힘겹다

꽃향기 짙푸르던 시절처럼
푸르고 향기롭게 살고 싶었는데
이제는 계절의 언저리
삭아가는 검불이다

피어날 수 없다면
이대로 흙탕물 속에
깊이 잠기리라
바람이 심상치 않다

수술

집을 고친다
톱질하고 망치질하고
땜질하고 청소하고

천둥 번개치는 네 곁에서도
기둥 단단히 바로 서게
빛과 그림자 뿌리털 깨워
줄기 단단히 동여매고
삭은 곳 추려내어
새 이엉 얹어주다
마취가 풀리고

별들 부딪치는 소리를
손끝으로 듣는다

소각장 이야기

우리의 어제가 탄다
바다의 눈물이
산의 한숨이 탄다

저 불길은 구름에 목을 걸고 살던
바람의 노래다
저리고 아프던
어머니의 소설이다
혼신을 다하고 사라지는
우리네 삶이다

다 타고 남은 것 위에서 우리는
다시 내일을 돋아낸다

그랬으면 좋겠다

강물에 햇살 실려 온다
뒤란이 차츰 환해진다
먼 길 휘돌아 온 저 강물이
내 마음 묵정밭을 돌아
메밀꽃 얼기설기 피어나고
그대에게 들려 줄 즐거운 기별도
튼실하게 자랐으면 좋겠다

겨울이 오면
양지바른 언덕 위에
하늘의 푸른빛들이 뚝뚝 떨어지는
따뜻한 집 한 채 지어놓고
자욱한 추위 엮어
유리창에 성애 꽃 피우고
싸락눈 같은 잠 속에
한 사흘 푹 잠기고 싶다

별

저것은 도달할 수 없는 영원
밤의 장막에서 반짝이는
우리들의 피안
노란빛으로 푸른빛으로
눈망울 속으로 헤엄치는 꽃송이
오는 곳 알 수 없고
가는 곳 헤아릴 수 없는
은하수 건너 저 편에
천만 송이 국화가 흩뿌려지다

긴급 상황

옆집 남자가 소리를 지른다
죽인다는 말을 수시로 하는 남자
무언가 우지끈 부서지는 소리
아이들 자지러지는 울음소리에
끝내 여자의 앙칼진 목소리가 섞인다
이 자식아 네가 사람이냐
제 못난 설움이 목을 조르듯
오래된 상처가 목 안에서 터져 나오듯
목소리에 피가 튀는 듯하다
죽으려고 작심 한 게 아니라면
저 여자 저러지 못하리라

긴급 상황이다

초여름의 삽화

이 강가에서 한참을
머물다 갑니다.

꽃이 진자리엔 먼 데로부터
물먹은 시간들 달려와
미루나무 붓을 씻어 내리고
건너편 숲은 거꾸로 잠겨
그리움이 젖은 날개 털며
솟구쳐 오르기 좋았습니다

새들이 맑은 노래를 뿌리며
그대의 하늘을 향해
날아가고 있었습니다

빵집여자

햇살 환한 날
여자가 찐빵을 만든다
멍울멍울 빚은 그녀의 꿈이
가마솥 안에서 부푼다
부푼 꿈들은 하늘로 오르고
하늘 아래 골고루
구름도 푸지다

한몸이 되고 싶은 시와 노래

정   양(시인 · 전 우석대 교수 · 문학평론가)

1. 완성도 높은 시의 속성

모임에서 노래판이 벌어지면 어떤 때는 앉은 순서대로 부르기도 하고 혹은 사회자가 누군가를 지명하면 지명 받은 사람이 마지못해 노래하는 시늉을 하다가 준비했 던 십팔번을 유창하게 불러제껴 사람들 흥을 돋운다. 신 나는 젓가락 장단으로 상처투성이가 된 음식상들이 음 식점에선 어렵지 않게 눈에 띄기도 했다. 어떤 사람은 빈 소주병을 마이크처럼 손에 쥐고 또 다른 빈 소주병에 젓가락이나 수저를 꽂고 그걸 무릎에 낀 채 장단을 맞추 며 질펀하게 노래를 부르기도 했다.

차례를 기다리며 입안에 노랫말을 담고 있다가 차례가 오지 않으면 자청해서 노래를 부르는 이도 많았다. 끝내 차례가 오지 않은 채 판이 끝나버리면 집에 돌아오는 길 에 못 부른 노래를 혼자 흥얼거리기는 이들도 더러 있었다. 나는 비교적 노래를 못 부르는 쪽이어서 여간해서는 사회자에게 지명되지도 않았고 그렇다고 자청해서 노래를 부를 비위 또한 없어서 끝내 못 부른 입안에 담은 노래를 집으로 돌아오는 길에 혼자 흥얼거려보는 축에 속했지만 사실 나는 노래라는 노래는 거의 가리지 않고 좋아했다. 아니 노래보다도 그 노래판을 나는 더 좋아했던 것 같다.

노래방이라는 게 생겨서 우리의 노래문화도 많이 변했다. 음식점에서 식사가 끝나면 그다음 순서로 사람들은 노래방을 찾아간다. 노래방에 간 사람들은 먼저 노래책을 뒤적여 그 번호를 기계에 입력시키느라 남이 부르는 노래에 관심을 둘 틈이 없다. 요즘 사람들은 어느새 노래 가사를 대충 잊어먹고 누가 듣거나 말거나 화면의 자막을 보며 노래한다. 그렇게 부르는 노래에는 이미 공유해야 할 감동이 사라지고 기억에 남는 건 정신이 아찔해지는 마이크의 소음뿐이다. 노래방이 아니라 소음방인 셈이다.

시집 해설하는 글을 쓴답시고 우리의 노래문화를 글의 들머리로 삼는 까닭은 김은숙 시인이 노래 잘 부르기로 소문난 시인이기 때문이다. 나에게는 김은숙 시인의 노래를 노래방 아닌 문인들의 모임에서 듣게 된 행운이 있었다. 우리 김은숙 시인이 그날 부른 노랫말, 노래 제목이 무언지는 잘 몰라도 고향집 싸리울에 함박눈이 내린다는 그 노랫말과 그 분위기는 두고두고 내 귓가에 남아 그 생각을 하면 지금도 마음이 포근해지곤 한다.

글공부를 하는 이들에게 나는 요즘 우리나라에서 꽤 악명 높은 유체이탈 화법을 모범으로 삼아 자기를 감추고 남의 얘기 하듯이 글을 써야 한다고 강조할 때가 많았는데 이 글에서 나는 그 유체이탈 화법을 동원할 겨를이 이미 없다. 우리 김은숙 시인의 노랫소리에 젖어서 미리 마음을 빼앗겨버린 탓이다. 김은숙 시인의 시집 초고를 읽는 동안 내 머릿속에는 고향집 싸리울에 함박눈이 내리는 노랫말과 그 곡조가 내내 떠나질 않았다.

남자와 여자는 애초에 한 몸이었는데 그사이 좋은 걸 시샘한 하느님이 몸을 따로따로 갈라놓아서 그 이후로는 남자와 여자는 어떻게든 제 짝을 찾아 서로 다시 한몸이 되려고 몸부림치는 거라는 농담이 있다. 나무 중에도 물푸레나무나 은행나무처럼 암수 다른 몸으로 사는 게 있기도 하지만 대부분의 나무는 암수한몸이어서 그 농담이 딱히 농담 같지마는 아니게 여겨질 때도 더러 있거니와 시와 노래와의 관계에서도 애초에 한몸이었던 게 타의에 의해 갈라져서 다시 한몸이 되려고 몸부림치는 갈등 비슷한 걸 실감할 때가 많다.

고향집 싸리울에 함박눈이 내리는 그 노래 때문에 빚어진 선입견일 가능성도 없지 않겠지만 내가 읽은 우리 김은숙 시인의 시에서도 시와 노래가 다시 한몸이 되고자 하는 그 비슷한 몸부림과 갈등이 곳곳에서 읽힌다.

새들 날아간다

하늘 물결이 일렁인다

저 날개가 뿌린 노래가루가
흐르고 흘러 시냇물 되는 게다

냇물이 돌돌 거리는 소리는
자갈들이 새의 노래 속으로 스며들기 때문

새들 노래 속으로 자갈 돌 구르는 것은
반지르르한 바람의 손을 잡으려는 일

바람의 손을 잡고 하늘 구만리

별이 있던 자리마다 파닥이는 소리가
저 강가에 한 줄기 길이 되었다
                    – 「아득히 파닥이는 소리」 전문

　이 시에서 먼저 짚이는 건 눈에 보이는 것들을 귀에 들리는 것으로, 그리고 귀에 들리는 걸 눈에 보이는 거로 치환하는 작업이다. 시쳇말로 공감각적 작업이라고 하는 건데, 그런 게 바로 다름 아닌 시와 노래가 한몸이 되려는 기본적인 몸짓일 것이다.
　새의 날갯짓이 뿌린 노래가 가루가 되어 시냇물이 되

고 그 시냇물 돌돌 거리는 소리가 자갈이라는 촉매를 통해서 다시 새의 노래 속에 스며드는 과정이나, 그 소리가 또 바람을 만나 하늘 구만리 별자리로 떠돌다가 강가에 한 줄기 길이 되어 놓여 있는 이런 풍경과 그 상상력은 이게 노래인지 시인지 얼핏 구분이 되지 않는다.

한 시인의 시세계를 한 마디로 표현하기는 어려운 법이지만 김은숙 시인의 시에는 위에 인용해본 시에서처럼 노래가 되고 싶은 풍경이나 풍경이 되고 싶은 노래가 많다. 시와 노래가 서로 한몸이 되려는 꿈이 우리 김은숙 시인의 목소리를 그처럼 포근하게 가다듬은 것인지 그런 노래 솜씨가 그로 하여금 마침내 시를 쓰게 하는 것인지는 정작 본인만이 알고 있을 것이다.

이 강가에서 한참을
머물다 갑니다.

꽃이 진자리엔 먼 데로부터
물먹은 시간들 달려와
미루나무 붓을 씻어 내리고
건너편 숲은 거꾸로 잠겨
그리움이 젖은 날개 털며
솟구쳐 오르기 좋았습니다

새들이 맑은 노래를 뿌리며
그대의 하늘을 향해

날아가고 있었습니다

－「초여름의 삽화」전문

이 시에서도 앞서 인용했던 「아득히 파닥이는 소리」처럼 추억이 담긴 그 강가에 와서 한참을 머물다 가는 화자의 간절한 그리움이 노래가 된다. 흔전만전 꽃이 피던 그 세월은 이미 가고 없지만, 세월을 건너 그 꽃들이 진 자리에는 물먹은 듯 다가온 세월이 강가에 서 있는 미루나무 붓이 되어 가슴을 쓸어내린다.

강 건너편 숲들은 거꾸로 물에 잠긴 채 젖은 날개로 옛 생각을 솟구쳐 오르게 한다. 그리고 그대가 남긴 하늘로 날아가는 맑은 노래를 화자 대신 새가 불러주는 것이 이 시의 기본적인 짜임이다. 「아득히 파닥이는 소리」처럼 눈에 보이는 풍경들이 결국 노래로 몸 바꿈을 하는 것이다. 그렇게 보아서 그런지 '노래'라는 말이 김은숙 시인의 시편들 속에 약방의 감초처럼 여기저기 섞여 있는 것도 눈여겨보아야 할 부분이다.

「푸른 갈대」「달 속에 들다」「그녀의 풀섶」「배 한 척」「황새」「순천만의 봄」「한옥마을의 저녁」 등등 우리 김은숙 시인의 시편들 속에는 노래가 되고 싶은 시들이 유난히 많다. 다시 말해서 시의 회화성이나 음악성 중에서 그 음악성이 돋보이는 시가 이 시집에 실린 시편들의 주된 흐름을 이루고 있다는 말이다. 그렇게 노래가 되고 싶은 시들은 사실은 김은숙 시인의 시뿐만 아니라 시적

완성도가 높은 시가 지니고 있는 기본적인 속성일 터이다.

시로 만든 노래들이 우리 주변에는 참으로 많다. 동요로 만들어진 것들 중에는 윤석중의 동시들이 그중 많은 편이고 김소월의 시도 둘째가라면 섭섭할 정도로 많은 이들이 노래로 만들어 부르고 있다. 이제 하나 유종화 같은 시인들은 자신의 시나 남의 시를 노래로 만들어 직접 부르기도 하고 정태춘이나 조용필처럼 스스로 작사 작곡을 해서 노래로 부르는 가수들도 적지 않다.

내가 부러워하는 시노래는 쉴러의 시 「환희의 송가」를 바탕으로 만든 베토벤의 『합창교향곡』과 프랑스 국가인 「라마르세예즈」, 그리고 광주항쟁을 배경 삼아 만들어진 「임을 위한 행진곡」 등이다. 내 짧은 짐작으로는 아마도 머지않아 우리 김은숙 시인도 자작시를 노래로 만들어 부르게 되지 않을까 싶은데, 그럴 경우 우리가 보다 관심을 기울여야 할 것은 노래라는 것이 본래 지니고 있는 보편성과 공개성이 시의 진정성과 어떻게 조화를 이루고 있는가를 가늠하는 일일 것이다.

2. 시와 노래와 비위치레

내가 중학생이었을 때, 창문을 열어다오 내 그리운 마리아, 다시 날 보여다오 아름다운 얼굴 어쩌고저쩌고하는 노래를 좋아하면서도 막상 그 노래를 부를라치면 괜히 얼굴이 붉어지고 사람들 눈치가 보이곤 해서 남들 없을 때 혼자 그 노래를 가만가만 부르던 때가 있었다. 선배 형 하나는 유독 그 노래를 즐겨 불렀는데, 선배의 그 노래를 들을 때마다 어쩌면 저렇게 비위가 좋은가 싶어 선배의 얼굴을 새삼 쳐다보곤 했던 생각이 난다.

민요 중에 우리 집 서방님은 명태잡이를 갔는데 바람아 강풍아 석 달 열흘만 불으라고 왜장치는 게 있다. 입에 담기도 거시기한 그런 비윤리적 소망이 어떻게 민요로 정착되어 많은 사람들이 즐겨 노래로 부르는 건지, 과부가 되기를 열망하는 여인네의 지극히 비도덕적이고 비밀스러운 소원이 어떻게 많은 여인들의 공감을 얻어 보편화하는 건지를 우리는 그런 민요를 통해서 되새겨볼 필요가 있다.

남녀상열지사를 금기시하던 유교문화 속에서 앞서 인용한 민요 말고도 도라지타령이나 천안삼거리 흥타령이나 쌍화점 등등 당대에 크게 유행했던 노래들 속에는 앞서 말한 공개성을 바탕으로 공감을 확보해간 보편성이 든든하게 자리 잡고 있다. 김은숙 시인의 시 「휘파람소리」를 읽으면서 문득 그 민요들이나 내가 낯붉히던 노래가 떠올랐다.

어둠 속에 빛나던
그 저녁의 창문

빛은 유리창 틈새를 비집고 나와
집안 사정을 조심히 알리고
별 가득한 풍경보다
더 반짝이는 사랑이
그림자를 살짝 내밀곤 했다
가슴 두근거리는 귓가에
몸속에서 둥둥 떠다니던
휘파람소리가 들려오고
나는 온몸에 휘파람을 두른 채
그 창가에 오래 서 있곤 했다

― 「휘파람소리」 전문

　보통사람들이 본능적으로 감추고 싶어 하는 짝사랑에 관한 이야기를 이 시는 낯도 안 붉히고 담담하게 서술한다. 아마도 우리 김은숙 시인이 소녀 시절에 겪었을 비밀스러운 정서가 세월이 지난 후 어디선가 들려오는 휘파람소리를 듣게 되면서 문득 되살아났을지도 모른다. 그렇게 되살아나는 기억은 김은숙 시인만이 겪는 특수 상황은 물론 아니다.

　'온몸에 휘파람을 두른 채 그 창가에 오래 서 있곤 했'던 간절했던 짝사랑, 별빛보다 더 반짝이는 사랑의 그림자가 살짝 어른거리는 그 창가에서 가슴 두근거리던 기억 등등 딱히 휘파람소리가 아닐지라도 그 비슷한 어떤 촉매를 통해서 옛날의 기억이 되살아나는 것은 짝사랑을 겪어본 보통사람들의 보편적 정서에 속한다.

그럼에도 불구하고 이 시가 우리의 눈길을 끄는 이유
는 앞서 얘기했던 공개성 때문이다. 어떤 예술의 장르든
그 나름대로 컨벤션convention이 있다. 그게 없으면 그 예
술의 성립 자체가 불가능한 경우가 많다. 이건 연극이니
까 라는 전제 하에서 연극에 접하게 되는 문화적 관습
같은 게 그 연극의 존재가치를 가늠하게 하는 것처럼,
이건 시니까, 이건 노래니까, 이건 소설이니까 라는 전
제하에 해당 작품에 접근하는 그 문화적 관습 때문에 시
도 노래도 소설도 이 세상에 존재할 수 있다는 말이다.

이건 시니까 이건 노래니까 이건 소설이니까 이런 정
도의 정서적 비밀쯤은 드러내놓고 서술해도 괜찮다는
장르에 관한 믿음이 없다면 어떻게 문학에 대한 기초적
인 이해가 가능하겠는가. 중학생 때 내가 창문을 열어다
오 어쩌고 하는 노래를 들으면서 낯붉히게 된 이유는 내
가 남달리 순진했거나 음탕했기 때문이라기보다는 노래
가 지닌 문화적 관습에 대한 이해가 남달리 모자랐기 때
문이다. 그 노래를 아무렇지도 않게 즐겨 부르던 선배는
순진하지 못한 사람이어서가 아니라 노래에 관한 그런
관습을 진즉 터득했기 때문이었을 터이다. 명창이 되는
조건 중에 비위치레를 해야 한다는 말이 있는데 그 비위
치레라는 말이 곧 그 컨벤션의 터득에 다름 아니다.

「휘파람소리」를 읽으면서 나는 우리 김은숙 시인이 시
에 관한 그런 기본적 관습을 진즉 터득했고 그것이 순간

적인 게 아니고 시와 삶에 대한 깊은 통찰의 결과로 여겨져 마음 든든했다. 이 시가 기본적으로 지니고 있는 그 공개성은 그 비슷한 정서를 겪었거나 혹은 이미 잊어버린 채 살고 있는 이들의 정서를 이끌어내어 보편적 공감을 넉넉하게 확보한다. 「귀띔」이라는 시 또한 그런 공개성의 범주에서 크게 벗어나지 않는다.

첫눈 한 두 깃
바람결에 묻어온
늦가을을 간신히 버티더라도
홀로 강천산엔 가지 말게

풀어헤친 은발의 억새 틈으로
나뭇잎에 숨어서 익던
붉은 감의 사랑이
액자 속의 오래된 시처럼
아직도 거기 남아
그리움의 매질로 날이 서곤 하네

햇빛이 웃던 자리에
촘촘한 엽록의 물길을 건넌 나뭇잎들
시간의 어귀마다 고운 빛 물이 든 채
이제는 눈비에 더 깊이 젖는 시간이네

노오란 은행잎 모두 떨어져 버린

팔달로 텅 빈 거리에
함께 흩어지더라도
무너질 각오 없이는 행여
늦가을 강천산엔 가지 말게나

-「귀띔」전문

강천산은 내장산과 더불어 단풍이 곱기로 전라도에서
는 널리 소문난 산이다. 울긋불긋 물드는 단풍의 아찔한
화려함을 보면서 어떤 이는, 하느님이 사람을 만드실 때
인생의 가장 화려한 시기를 단풍이 물드는 산처럼 생의
마지막 부분에 설정하지 않고 뭘 잘 모르는 채 넘어가고
마는 젊었을 때 설정한 것을 원망하기도 했다. 그래서인
지 단풍에 물든 산은 경우에 따라 그것을 바라보는 사람
들에게 생의 마지막을 만끽하고 싶게도 하는 법이다.

이 시에서 '무너져버릴 각오'라는 게 바로 그 인생의
마지막을 만끽하고자 하는 유혹에 다름 아니다. 겉으로
는 늦가을 강천산에 가지 말라고 말하면서도 사실은 늦
가을 강천산에 가서 한 번쯤 옛날을 그리워도 해보고,
마음이 무너지는 것을 경험해보라고 공개적으로 귀띔해
주는 것이 이 시가 내보이고 싶은 실속이다.

귀띔은 어떤 요긴한 사실을 갑자기 낮은 소리로 귀에
대고 속삭임으로써 큰소리로 외치는 것보다 그 강조의
효과를 배가시킨다. 늦가을 강천산의 흐드러진 단풍을
보면 안 망가지고 안 무너지기 어려울 것이라는 유혹의

말이 이 시에는 이처럼 역설적으로 강조되어 있다.

억새꽃처럼 흰 머리칼 휘날리는 옛사랑이나 잎이 져버린 나무에 최후처럼 매달린 붉은 감이 대롱거리는 장면도 그걸 보는 이로 하여금 어서 무너지기를 재촉하는 시적 긴장을 돕는다. 독자들에게 늦가을의 강천산에는 가지 말라고 귀띔을 해주는 이 시의 화자는 단언컨대 거길 다녀온 사람이다.

거짓말을 아주 잘할 수 있는 사람이 좋은 작가가 되는 것처럼 소위 뻥이라는 걸 잘 칠 수 있어야 좋은 시인이 된다고 한다. 뻥이란 두말할 것 없는 상상력의 산물이다. 이 시의 화자는 늦가을의 강천산에 가서 무너져버린 것을 결코 후회하지 않는다. '무너져버릴 각오 없이는'이라는 말투는 이미 무너져버린 것을 자랑삼는 어법이다.

이 시의 화자는 겉으로는 감추는 듯 귀띔이나 해주는 듯하면서도 늦가을 강천산의 단풍을 만끽하며 자신이 무너져버렸던 것을 공개적으로 자랑하고 있다. 그 공개성은 앞에 인용한 「휘파람소리」보다도 사실은 더 적극적이다. 그 공개성이 더 적극적일수록 공감의 폭도 그만큼 크고 넓어지기 마련일 것이다.

3. 사라지는 것들과 그 연민

변하지 말았으면 싶은 것들은 자주 변하고 변해야지

싶은 것들은 여간해서 변하지 않는 것처럼 우리 곁에 오래 남았으면 싶은 것들은 쉽게 사라지고 어서 사라지면 좋겠다 싶은 것들은 좀처럼 사라지지 않는다. 우리 곁에서 그렇게 쉽게 사라지는 것들에 대한 아쉬움은 더러 우리의 그리움이 되기도 한다.

날짐승이나 들짐승 산짐승들로부터 농작물을 보호하려고 논밭에 만들어 놓는 게 허수아비다. 겉으로는 사람 모습을 대충 갖추고 있지만 그게 사람이 아니라는 걸 모를 날짐승이나 들짐승이나 산짐승은 이미 이 세상에는 없는 것 같다. 허수아비를 세운 농부들도 그 효과를 거의 기대하지 않는다. 거의 그 효과를 포기한 지 오래 됐으면서도 농부들은 오랜 세월 끊임없이 논밭에 그 허수아비를 세우면서 스스로 그 허수아비 같은 어릿광대가 되어 바쁘게 변해가는 이 세상에 연민의 대상으로 남아 있다.

추수 전에는 그래도 어느 어벙한 짐승들의 눈을 순간적으로 속일 수도 있고 행여라도 그렇게 되기를 바라는 농부도 있겠지만, 추수 끝난 논밭의 허수아비는 그야말로 사람도 짐승들도 눈여기는 법이 없다. 농자천하지대본의 야속한 깃발처럼 허수아비도 이제는 어느 지역축제 같은 데나 가서 사람들의 향수를 달래주는 일에나 간신히 끼어든다.

나 이제 계절의 후렴처럼
이 들판에 남겨져
마지막 들불이
사위어 가는 것을 보네
소문같이 웅성거리며 눈이 내리고
눈발 너머로 희미한 먼 마을 불빛들
내 청춘이 저처럼 아득하리니

혼신을 다해 흔들던 춤의 생애였네
하늘 한 귀퉁이에
그리움으로 못질한 두 팔 벌리고
바람에 취해 비칠비칠 춤출 때마다
퍼덕이며 쫓기며 새들 자지러지고
저무는 들녘이 목을 놓아 울었네

오늘 밤 사람의 마을에선 추운 집들이
옹기종기 서로 어깨를 맞대고
어린 자식 등 토닥이던 고단한 어머니는
아기보다 먼저 잠이 들것이고
아침이면 차가운 저 눈밭에
남루한 어릿광대의 몸짓만 남겠네
                        ―「허수아비의 노래」 전문

이 시의 허수아비는 이미 어느 지역축제 같은 데나 등
장하는 한가한 향수의 대상이 아니다. 가을걷이가 끝난

들판의 들불이 사위어가는 것을 바라보면서 허수아비는 이제 누구도 어느 짐승도 눈여겨 주지 않는 절망의 남루를 걸치고 끈질기던 희망의 밀짚모자도 절망적으로 눌러쓴 채 철저하게 버림받는 풍경이 되어 있다. 그 허수아비는 이제 곧 눈이 내리면 그 눈발 속에 비스듬히 쓰러지며 묻혀갈 운명이다.

'혼신을 다해 흔들던 춤의 생애가 그리움으로 못질한 두 팔을 벌리고 바람에 취해 비칠비칠 춤출 때마다 퍼덕이며 번쩍이며 자지러질 새들 대신 저무는 들녘이 목을 놓아 우'는 이 시의 이러한 연출은 허수아비와 더불어 황폐해지는 우리의 농촌 현실과 그 사라져 가는 희망을 참담하게 되새기게 한다.

이 세상에서 버림받아 사라지는 것들에 대한 그러한 연민은 형태는 좀 다르지만 「아중역」에서도 그 비슷하게 연출된다.

아중역에 들어섰습니다
지난날 이곳에 잠시
청춘을 세워두고
징검돌같이 밟고 지나가야 할
역 이름을 세어보는 동안
온 세상의 바람을 안은 목쉰 기차가
쇠바퀴를 굴리며 들어왔습니다

이젠 기다려도 기차는 서지 않아
대합실엔 열차 시간표를 확인하던 사람도
난로 곁에서 불을 쬐던 할머니도
모두 떠나고 더는 떠날 사람도
돌아올 사람도 없습니다

세상은 갈라졌다 다시 만나는 일로
환해지기도 한다지만
봄 강물처럼 싱싱한 안부들이 오가고
낡고 편한 시간이 정겹게 머물던
간이역의 문은 영영 닫혔습니다

덜컹거리며 기차가 지나간 후
꽃잎 날리던 봄날이
비 오면 빗속에서 새가 빛나던
유리창 밖 철길이
가야 할 길을 잃어버렸습니다

— 「아중역」 전문

　아중역은 전라선 철길 중 전주와 신리 사이에 있던 간이역이다. 이제는 그 어느 기차도 멈추지 않고 지나가버리지만 간이역의 역사는 아직 그대로 남아 있다. '온 세상의 바람을 안은 목쉰 기차가 쇠바퀴를 굴리며 들어왔'던 그 간이역, '잠시 청춘을 세워두고 징검돌같이 밟고 지나가야 할' 미래를 헤아리기도 했던 그 간이역이 이제는 떠날 사람도 돌아올 사람도 없이 가야 할 길을 잃어버리게 하는 황량한 공간이 되어 있다. '낡고 편한 시간이 잠시나마 정겹게 머물던' 그 간이역에는 아마도 제철이 되면 무심한 코스모스만 유행가처럼 흔들릴 것이다.

누군가를 배웅하던, 누구와 손잡고 길 떠나던, 누군가를 오래오래 기다리기도 했던, 이제는 길도 사람도 모두 잊어버린 텅 빈 간이역에서 화자는 잃어버린 세월을 망연히 헤아리고 있다. 우리 곁에서 그렇게 사라져 간 것들이 어찌 이것들뿐이랴 마는 그렇게 사라져 간 모든 것들을 이 시집은 허수아비와 간이역을 내세워 잃어버린 세월을 되새긴다.

4. 김은숙 시의 사회적 관심

화석에는 그 생물이 살던 시대와 환경 등등에 관한 많은 정보가 담겨 있는 것처럼 문학작품 또한 작가가 의도했든 의도하지 않았든 그 작품을 만든 작가나 그 작품이 만들어진 시대나 환경 등에 관한 다양한 정보가 응축되어 있기 마련이다. 그래서 문학작품을 사회적 화석이라고도 한다.

정태춘은 그의 커플 박은옥과 함께 달콤한 서정적 가요들을 부르기도 했지만, 한편으로는 현대문명의 위기나 핵무기에 대한 공포나 노동자나 도시빈민들의 참담한 삶 등등 어둡고 무거운 문제들을 노래로 부름으로써, 많은 이들에게 사회적 관심을 환기해주기도 했다. 서정적 시를 많이 쓴 우리 김은숙 시인도 정태춘처럼 그런 사회적 문제들을 주제로 삼는 시들을 드문드문 써서 우리의 눈길을 끈다.

길이 출렁인다
세월이 헐어놓은 꿈이
물속으로 잠긴다
사진 속의 미소는 더욱 환하고
슬픔에 절인 희망이 애절하다

내일이 올 거라고
선내 방송이 시키는 대로
그 자리에 가만히 있으면
숨통이 트일 그 날이 올 거라고 믿으며
머리 위로 물이 차오를 때까지
체온의 날개만 비비고 또 비볐구나

가만히 있지 말라고
어른들만 믿어선 안 된다고
사진 속에 환한 눈물 남기고
한 척의 배로 먼 길 떠나는구나
　　　　　　　　　—「사진 속에 눈물 남기고」 전문

「사진 속에 눈물 남기고」는 두말할 것도 없이 가만히 있으라는 말만 믿고 가만히 있다가 끝내 참살당한 세월호 희생자의 영정을 보면서 쓴 시다. 아무리 세월이 가도 잊히지 않을 그 참극의 배 이름이 하필이면 세월호다. 그 배 이름을 원망하는 마음이 '세월이 헐어놓은 꿈이 물속에 잠겼다' 라는 시구 안에 고스란히 담겨 있다.

「갈증」은 「사진 속에 눈물 남기고」와는 또 다른 시각으로 우리가 겪었던 참극을 환기시킨다. 「사진 속에 눈물 남기고」가 아까운 목숨들이 물속에 잠겨버린 참극을 직정적으로 서술한 시임에 비하여 「고동」은 그와 반대로 물에 잠겨야 할 목숨들이 물 밖으로 나온 채 죽어가는 참극을 고동이라는 미물을 통해서 형상화한다.

고동이 기어 다니는 꿈을 꾸었네 목이 갈한 고동은 봉지에서 기어 나와 여기저기 바닷물을 찾아 헤매고 있었네 잠에서 깬 나는 갈증이 나 물 한 사발을 들이마시네 갯바위 산책길에 주워담아 숙소 주방에 두고 온 고동, 봉지째 잊혀진 한 주먹 어린 갯것들, 감상에 젖은 일행을 부추겨 기어 다니는 모든 것을 보이는 대로 주워담았던 일 먹을 만한 것들은 이미 썰물이 거두어 가서 바닷물 속에 깊이 감춰버렸다고 여기 보이는 것들은 먹을 수 있는 고동이 아니라고 우리의 작업을 만류하던 토박이 한 시인의 말을 들을걸 그랬네 살아서는 바다로 돌아갈 수 없는 목이 말라 죽

어 갈 그것들이 나에게 보내는 고동 소리, 구조를 애원하
는 신호음 소리가 내 귓가를 밤새 울리네

-「고동」 전문

'먹을 만한 것들은 이미 썰물이 거두어 가서 바닷물 속
에 깊이 감춰버렸다고 여기 보이는 것들은 먹을 수 있는
고동이 아니라고 우리의 작업을 만류하던 토박이 한 시
인의 말을 들을 걸 그랬네' 같은 부분은 이 시의 리얼리
티를 돕는 효과적인 연출이다.

이 시에서 화자가 우리에게 정작 하고 싶은 말은 '구조
를 애원하는 신호음'이다. 갯가의 고동과 뱃고동소리의
고동이 중의적 처방으로 내 귓가에 다가와 구조를 애원
하는 신호음으로 겹쳐 들리게 함으로써 세월호의 트라
우마를 형상화하는 것이 이 시의 숨은 뜻일지도 모를 일
이다.

판소리 적벽가에는 떼죽음 당한 군사들이 원조怨鳥라는
새가 되어 조조가 달아나는 길목마다 나타나서 그를 원
망하고 저주하고 조롱하고 비난하는 대목이 있거니와,
적벽가의 그 원조들처럼 물에 잠긴 세월호의 떼죽음들
이 갯가에 고동처럼 흩어져 있었을지도 모르겠다는 인
식을 전제로 '구조를 애원하는 신호음'이 들리는 것 같은
상상에 사로잡혀 화자는 잠을 이루지 못한다.

「세방 낙조」나 「해일」 연작시에는 세월호에 관한 직접
적인 언급은 없어도 그 작품들이 모두 진도 앞바다의 아

름다운 풍광이나 진도가 겪은 역사적 수난을 소재 삼고 있는바 그 또한 앞에 인용한 「갈증」처럼 세월호의 상흔을 읽어내고 싶은 간접적 접근인 것 같다.

대형마트에 밀려 지독한 어려움에 시달려도 재래시장들은 가난한 사람들과 함께 아직도 이 나라 도처에 남아 있다. 우리 김은숙 시인의 「새벽시장」 연작은 그렇게 남아 있는 삶들의 애환에 시선을 집중시킨다.

> 추운 사람들이 추운 것들과
> 어울리러 새벽을 딛고 간다
> 동지섣달 차가운 밤은 아직
> 칠흑처럼 적막하다
> 남루한 보따리 길가에 부리고
> 깡통 난로에 장작불 지펴지면
> 보따리에 끄리고 산 가난이
> 옹기종기 모여 가슴으로 녹고
> 이제 곧 밑져도 좋다는
> 흥정이 시작된다
>
> — 「새벽시장 1」 전문

'남루한 보따리 길가에 부리고/ 깡통 난로에 장작불 지펴지면/보따리에 끄리고 산 가난이/옹기종기 모여 가슴으로 녹'는 새벽시장이 열리기 직전의 한 장면이 해상도 높은 사진처럼 선명하다.

적혀 있는 가격으로만 거래되는 대형마트와는 다르게

밑져도 좋고 남으면 더 좋은 흥정이 있어야 사고파는 실감도 생기고 주고받는 인정으로 가슴이 훈훈해질 수 있는 게 재래시장에서 맛보는 삶의 단면이기도 했다. 그러나 그 사고파는 것에도 주고받는 것에도 모두 온기가 사라진 새벽시장에 '밑져도 좋다는' 믿지 못할 흥정이 이제 막 시작되려고 한다는 이 시의 서술태도는 어쩐지 짠한 마음을 애써 감추고 있는 것만 같아서 우리를 안타깝게 한다. 그런 안타까움은 「새만금」에서도 비슷하게 읽힌다.

엄마와 바다는
죽을 리가 없다

그 어떤 죽음의 신이 엄마를 덮고
그 어떤 어둠이 바다를 멈추게 하랴

그러나 엄마도 바다도 죽었다

엄마의 터전이던 새만금에는
숨을 쉬지 못한 물고기가
화석이 되어간다

                           −「새만금」 전문

새만금사업은 십여 년 넘게 우리 사회의 관심을 모았던 일이었다. 바다를 막아 농지를 넓히겠다는 단순한 발

상이 공사가 진행되는 동안 점점 변질되면서 사회적 논란이 가중되었고 그것은 또 망국적 지역감정까지 곁들여 그 사업 자체에 대한 찬반양론으로 여러 해를 두고 나라를 시끄럽게 했었다.

그 무렵 나는 어느 일간지에 「불륜의 만삭」이라는, 새만금사업에 대한 긍정도 부정도 아닌 어정쩡한 글을 써서 양쪽 사람들의 따가운 비난을 동시에 받기도 했는데, 아무리 그 비난들이 따가웠더라도 나는 지금도 완공되기 직전의 그 새만금사업이 불륜의 만삭처럼 어쩔 수 없이 받아들여야 한다던 견해를 후회하지는 않는다.

우리 김은숙 시인의 이 「새만금」은 분명 당시의 새만금사업에 대한 부정적 입장을 직정적으로 토로한 쪽에 속하는 시로 읽힌다. 물론 그 생각에도 나는 흔쾌히 동의하는 편이다. 사람이 먼저고 그러기 위해서는 자연이 더 먼저라는 이 시의 직정적 서술에는 약간의 섭섭함이 남는다. 예술적 농도가 보다 짙었으면 나는 더 흔쾌히 이 시에 동의했을 것이다.

사회적 관심을 시로 표현하는 일은 때로는 어느 일정한 시기가 지나면 사람들의 기억에서 사라져버리는 시한부적 기능 때문에 예술적 상실감을 감당해야 되기도 하고 때로는 그 시대의 이념에 맞서야 하는 위험을 무릅써야 하는 경우도 있다. 그러나 그 어느 경우든 자기가 살아온 시대의 진실을 외면하는 것은 시인으로서 가야 할 길은 아니다.

시한부적 기능 때문에 머지않아 잊힐지라도 시인은 자기가 살아온 시대의 문화적 증인으로 남아야 한다. 위에 인용한 시들에서처럼 우리가 겪은 사회적 사실들에 관한 예술적 기록에 접근함으로써 우리 김은숙 시인도 그의 원숙해지는 시세계와 더불어 우리 시대의 유수한 문화적 증인이 되기를, 그리고 좋은 시노래를 많이 만들어 사람들에게 불러주기를 마음 모아 기대한다.